Vente des Mardi 13 et Mercredi 14 Février 1900.

HOTEL DROUOT, SALLE N° 10

ESTAMPES

Anciennes des XVIIe et XVIIIe siècles

EAUX-FORTES MODERNES & LITHOGRAPHIES

MODES, COSTUMES, CARICATURES

PORTRAITS, VIGNETTES

Adresses, Ex-Libris, Vues, Cartes, Plans

ORNEMENTS

DESSINS & GRAVURES EN LOTS

1900

Me MAURICE DELESTRE	M. PAUL ROBLIN
COMMISSAIRE-PRISEUR	MARCHAND D'ESTAMPES
5, Rue Saint-Georges, 5	65, Rue Saint-Lazare, 65

Catalogue

D'ESTAMPES

Anciennes des XVIIe et XVIIIe siècles.

EAUX-FORTES MODERNES ET LITHOGRAPHIES

Modes, Costumes, Caricatures

PORTRAITS, VIGNETTES, ADRESSES, EX-LIBRIS

Vues, Cartes, Plans.

ORNEMENTS

DESSINS SUR LE THÉATRE FRANÇAIS

Gravures et Dessins en Lots

DONT LA VENTE AUX ENCHÈRES PUBLIQUES AURA LIEU

HOTEL DES COMMISSAIRES-PRISEURS, RUE DROUOT, N° 9

Salle N° 10

Les Mardi 13 et Mercredi 14 Février 1900

à deux heures précises.

Par le Ministère de Me **Maurice DELESTRE**, Commissaire-Priseur,
5, Rue Saint-Georges, 5.

Assisté de **M. Paul ROBLIN**, Marchand d'Estampes, 65, Rue Saint-Lazare, 65,

PARIS 1900,

CONDITIONS DE LA VENTE.

La Vente sera faite au comptant.

Les acquéreurs paieront *cinq pour cent* en sus des prix d'adjudication.

M. PAUL ROBLIN, chargé de la vente, se réserve la faculté de rassembler ou de diviser les lots.

ORDRE DES VACATIONS

Mardi   13 Février 1900. — Nᵒˢ   1 à 213.
Mercredi 14   —   Nᵒˢ 214 à 425.

DÉSIGNATION

ESTAMPES

ADAM (Victor)

1 — Macédoines. — Histoire naturelle. — Chasses. — Etudes d'Animaux. — Sujets militaires. — Les Dames de l'Hippodrome, etc. Soixante-deux pièces en noir et coloriées.

ADAN (L. Emile)

2 — La Faneuse. Très belle épreuve avant la lettre et avec remarque, sur parchemin.

ADRESSES

3 — *Maelzen*, mécanicien. Lithographie in-fol. — Titre pour : Cours de dessin à l'usage de la marine. Deux pièces.

4 — *Félix Desportes*, Baron de l'Empire, Chevalier de la Légion d'honneur, Préfet du dépt du Haut Rhin. Dessin fait à la plume par A. Zurcher de Mulhouse, 1813.

ALLAIS (J. A.), AUDOUIN

5 — Van Dyck peignant son premier tableau, d'après Ducis. — Le Triomphe d'Amphitrite. - Vénus blessée d'après Raphaël ; trois pièces dont une avant la lettre.

ALMANACH

6 — Dix vignettes in-18 d'après Borel et Queverdo. Scènes, modes et costumes du XVIIIe siècle. Belles épreuves.

AMÉRIQUE (Pièces sur l')

7 — Die Schlaght von Bunker-Hill, gravé par Nordheim d'après Trumbull. Deux épreuves, dont une restaurée.

8 — *Francklin* (B.). In-4, par Chevillet d'après Duplessis. Belle épreuve. Sans marges.

ANDRIEUX

9 — Souvenirs d'un assiégé, de septembre 1870 à janvier 1871. 30 lithog. dans la couverture de publication.

AUBERT (M.)

10 — L'homme entre deux âges, et ses deux maîtresses, d'après S. Le Clerc. Très belle épreuve.

BALLONS (Pièces sur les)

11 — La quatorzième expérience aérostatique de E. Blanchard, accompagné du chevalier Lépinard, faite à Lille en Flandre le 26 août 1785. — Entrée de M. Blanchard et du chevalier Lépinard, cinq jours après leur ascension aérostatique dans la ville de Lille, le 26 août 1785. Deux pièces faisant pendants, par Helman d'après L. Watteau. Belles épreuves anciennes (mouillures et piqûres de vers).

BARBIÉ

12 — Sainte Geneviève, d'après Angelica Kauffmann. Belle épreuve à la sanguine, marges.

BARBIÉ (Macret)

13 — *Catherine Alex*^{na} *II. — Elisabeth Petrowna.* 3 p. in-8. Très belles épreuves.

BARTOLOZZI (Fr.)

14 — A Naïad, d'après Cipriani. Belle épreuve à la sanguine, marges.

15 — Shrimps ! d'après W. Hogarth. Belle épreuve.

BASSET et CHEREAU (à Paris chez)

16 — Les principales Églises de France. 38 p., belles épreuves, à toutes marges.

BAUDOUIN (d'après P.-A.)

17 — Le modèle honnête par Moreau le J^{ne} et Simonet. (E. B. 34). Belle épreuve, marges.

18 — Les Amants surpris. — Les Amours champêtres. — L'Amour à l'épreuve. — La Sentinelle en défaut. 4 p., deux sont sans marges.

BEAUVARLET (J.)

19 — Histoire d'Esther. Cinq pièces in-fol. d'après De Troy.
Belles épreuves.

BÉLANGER

20 — Grand théâtre des arts. Belle épreuve imprimée en bistre.

BELLE (Etienne de la)

21 — Le Reposoir, in-fol. en larg. Très belle épreuve du
1ᵉʳ Etat avant l'adresse de Witherhout.

BERVIC

22 — L'Innocence d'après Mérimée. Belle épreuve avant la
dédicace. Marges.

BINET (d'après)

23 — La Colonnade . — Les trente-deux filles dans l'allée des
Soupirs. Deux pièces sur les costumes et les mœurs du
Palais Royal. Belles épreuves, grandes marges.

24 — La Colonnade. Belle épreuve.

BLONDEL (d'après F.)

25 — Escalier de la Reine, à Versailles, 4 p. — Maison de cam-
pagne de Mʳ Cramer, 2 p. — Maison de Campagne, 4 p.
— Maison au Gᵈ Charonne, 3 p. — Maison de M. Gédéon
Mallet à Genève, 7 p. ; ensemble 20 p. gravées par
Mariette, épreuves à toutes marges.

BLOT. LEVASSEUR

26 — La jeune Espagnole d'après Grimou. — Tarquin et Lucrèce
d'après de Peters, deux pièces. Belles épreuves, une est
avant la dédicace.

BOILLY (Louis)

27 — Son portrait in-4 d'après Jules Boilly. — Le Jeu de ton-
neau. — Un déménagement. — Réjouissances publiques.
— Le Jeu de l'Ecarté. Cinq lithographies.

BOILLY (d'après L.)

28 — Ça ira. — Ça a été. Deux pièces faisant pendants par
Texier et Mathias, épreuves sur papier vélin.

BOILLY (d'après L.)

29 — Les Conseils maternels, par Tresca. Belle épreuve. (Raccommodages).

30 — Les Grimaces. 47 p. coloriées à grandes marges, in-4 cart. Très belles épreuves.

31 — Les Grimaces. Suite de 97 pièces in-4 coloriées, réunies en album demi-rel. bas. On y a joint 4 caricatures publiées chez Genty et Martinet : *La Gravure aux prises avec la Lithographie. — Le premier baiser de l'amour. — La première nuit des noces. — Le lendemain des noces.* Ensemble 101 pièces.

32 — Jouir par surprise n'alarme point la pudeur. Belle épreuve, grandes marges.

BOISSIEU (J. J. de)

33 — Les grands charlatans (R. 140). Belle épreuve.

BONNART (H.).

34 — La Reine. — Monsieur. — Madame. — Monseigneur le Dauphin. — Duc de Chartres. — Duc de Bourgogne en mousquetaire. — Duc du Maine. — Duchesse de Chartres. — M. le Duc. — Madame la Duchesse. — Comte de Toulouse. — Prince de Conty. — Marie Eleonor d'Este, Reine d'Angleterre. — Prince de Condé. — Le Prince d'Orange. Quinze pièces.

35 — Concert. — Dame de qualité. — Dame en falbala à la promenade. — Dame en habit d'hiver. — Dame de qualité à son lever. — Dame à sa toilette. — Dame en habit de velours. — Dame vestue à la sultane. Neuf pièces.

36 — Cavalier en manteau. — Gallant Peintre. — Gentilhomme jouant de la violle. — Abbé. — Capitaine de vaisseau en Pinchena. — Cavalier en escharpe. — Homme en robe de chambre. — Homme de qualité. — Cavalier en brandebourg. — Garde du corps du Roi. Onze pièces.

37 — Son Altesse Royale le Prince de Galles. — Nourrisse de M. le Duc d'Anjou. — Gouvernante de M. le Duc de Berry. — Duc de Bourgogne. — Duc d'Anjou. — Duc de Berry. Six pièces.

38 — Françoise d'Aubigné, marquise de Maintenon, et les demoiselles de Saint-Cyr. Cinq pièces.

BONNART (H.)

39 — Les mois de l'année. Suite de douze pièces.

40 — Le Printemps. — L'Eté. — L'Automne. — L'Hiver. —
Le Feu. — La Terre. — L'Eau. Huit pièces.

41 — La Veüe. — L'Ouïe. — L'Odorat. — Le Toucher. — Le
Goust. — Le Matin. — Le Midy. — L'Après disner. — Le
soir. Neuf pièces.

42 — L'Europe. — L'Asie. — L'Afrique. — L'Amérique.
Quatre pièces.

43 — La Foy. — L'Espérance. — La Charité. — La Prudence. —
La Justice. — La Tempérance. — La Force. — La Paresse.
— L'Avarice. — La Luxure. — L'Envie. — La Gourman-
dise. — La Colère. — L'Orgueil. Treize pièces.

BONNEFOY

44 — Animal affection, d'après Miller. Belle épreuve.

BONNET (M. L.)

45 — Les Revers de la Fortune, d'après Bounieu. Très belle
épreuve en couleur avant toutes lettres. Marges.

BOREL (d'après)

46 — L'amour puni, par Avril. Belle épreuve avant toute
lettre, et avant la draperie ; petites marges.

BOUCHER (d'après Fr)

47 — Jeune femme nue s'essuyant par L. Bonnet. Très belle
épreuve aux crayons noir et blanc sur papier bleu, grandes
marges.

48 — Jeune fille tenant un chat emmailloté, gravé par L. Bonnet. Belle épreuve aux deux crayons sur papier bleu.

49 — Tête de jeune fille, gravée à la sanguine par Fr. Basset,
épreuve à toutes marges.

50 — Pan et Syrinx. — Tritons et Néréides. Deux pièces gravées à la manière de lavis par Saint-Non. Belles épreuves.

51 — Vénus sur les eaux, in-8 en larg. par Vidal. Très belle
épreuve. Marges.

BOUCHER (d'après Fr.

52 — La Nativité.— Silvie fuit le loup qu'elle a blessé. —Elle
mord à la grappe. — De trois choses en ferez-vous une?—
Les Bacchantes endormies. — Les Amants surpris.— Les
Baigneuses. — Vertumne et Pomone. — La Belle cuisi-
nière. — L'agréable leçon. 10 p. originales et réimpressions anciennes.

BOUCHER, VLEUGELS (d'après)

53 — La Courtisane amoureuse. — La Jument du compère
Pierre. Deux pièces par de Larmessin. Belles épreuves.

BRAQUEMOND

54 — Ils s'en allaient dodelinant de la tête... Belle épreuve.

BRENNA (d'près Vinc.)

55 — Novus Thesaurus Gemmarum veterum ex insignioribus
Dactyliothecis selectarum. Titres gravés et 34 planches
pet. in-fol., par G. M. Cassini, 1783 ; ensemble 39 p.

CALAMATTA

56 — *Paganini*, in-4, d'après Ingres. Très belle épreuve à
toutes marges.

CALLOT (Jacques)

57 — La Tentation de Saint Antoine (M. 139). Très belle
épreuve d'un état intermédiaire, entre le 2ᵉ et le 3ᵉ, avec
dix rosettes dans les Armoiries du dédicatoire, et avec le
mot *Tot* au lieu de *Vot* au 4ᵉ vers ; marges, rare.

58 — La Noblesse (673-684). Suite de Douze costumes, dont
nous n'avons que neuf. Belles épreuves du 1ᵉʳ Etat.

59 — Les Bohémiens. — La Noblesse. — Varie figure Gobbi.
— Balli di Sfessania. — Gueux et mendiants. — Les
misères et les malheurs de la guerre. Environ 80 p., réimpressions.

CARESME (d'après Ph.)

60 — Le Satyre impatient, par J.-L. Anselin. Belle épreuve,
marges.

CARICATURES

61 — Caricatures par Daumier, extraites du Charivari, plusieurs sont avant le texte au verso, 90 p.

62 — Dansons la carmagnole. — Cris de Paris. — Les élégants Anglais à Paris. — M. Poudret coiffeur. — Le Repas du Politique. Cinq gravures et dessins de Viard.

CARRÉ (J.)

63 — Le Chanteur de ballades, d'après V. Brozie. Epreuve sur papier du Japon.

CHAPONNIER

64 — Le Pardon, d'après Fleury. Belle épreuve en couleur, à toutes marges.

CHARLET

65 — Le Soldat français, (De L. 74. R. R.) Belle épreuve.

CHARON

66 — *Moncey* (Le M^{al}), d'après Martinet, in-fol. en couleur. Belle épreuve à toutes marges.

CHARPENTIER, LE PAUTRE

67 — Veuë et perspective du Château de Fontaine-Bleau du côté de l'entrée de la Cour du Cheval blanc. — Perspective du Canal de Fontaine-Bel-eau. Deux pièces in-fol. en larg.

CHEREAU (A Paris chez J.)

68 — Siège et Prise de la Ville de Nice. Belle épreuve coloriée.

CHOFFARD (P. P.)

69 — L'Oracle des Amants, d'après Touzé, in-fol. Très belle épreuve du 1er Etat, avec la lettre grise, avant le dédicace et l'adresse, grandes marges.

CIPRIANI (d'après G. B.)

70 — La Danse. — Vénus se promenant sur les eaux. — The Génius of music. Trois pièces ovales ou en médaillons. Belles épreuves, une est avant toutes lettres.

COCHIN LE FILS (Ch. N.)

71 · *Duclos* (Charles). Historiographe de France, 1763, in-4·
Superbe épreuve avant toutes lettres, marges.

72 — Cérémonie du Mariage de Louis Dauphin de France, avec
Marie-Thérèse Infante d'Espagne, dans la Chapelle du
Château de Versailles, le XXIII février 1745 ; grand in-fol.

73 — Décoration de la salle de spectacle à Versailles, à l'occasion du mariage du Dauphin. — Décoration du Bal paré
donné par le Roy, le XXIV février 1745, à l'occasion du
mariage du Dauphin. 2 p. gr. in-fol. Ancien tirage.

74 — Frontispice de l'Encyclopédie, par B. L. Prévost. Belle
épreuve.

COIFFURES

75 — Miss Comeinge out of Opéra. Belle épreuve.

COINDRE (Gaston)

76 — Poligny au XV⁰ siècle, d'après Ch. Luc. Belle épreuve
avec dédicace à Jean Gigoux.

COSTUMES

77 — Costumes de l'Armée Allemande. 25 p. coloriées, signées
D. M. ; marges.

78 — Costumes militaires, publiés par Martinet et Basset. —
Siège et prise de Valence. — Portraits, etc., 10 p. en noir
et coloriée.

79 — Types et costumes de l'Armée Française. 10 p. coloriées, par Draner, dont une aquarelle originale.

COURTRY (Ch)

80 — Salomé, d'après Henri Regnault (H. B. 15). Très belle
épreuve.

CUVILLIÈS (d'après F. de)

81 — Recueil de ponts anciens et modernes, inventés et exécutés par différents auteurs. 25 pl. in-4 en recueil.

DAGOTY (Gautier)

82 — David et Bethsabée. In-fol. en couleur, sans marges.

DAULLÉ (J.)

83 — Le mariage de la Vierge. — La charité humaine. — Rome
ancienne. — Rome moderne. Quatre pièces. Belles
épreuves.

DEBUCOURT (P. L.)

84 — Le coup de vent. Belle épreuve.

DEMARTEAU (G.)

85 Jeune femme debout, tenant un enfant (122). — Une Prê-
tresse (157). — Trois Bacchantes (260). Trois pièces à la
sanguine, d'après Boucher. On y a joint une pièce par
Roubillac. Ensemble 4 p.

86 — Allégorie : Fleuve et naïades (209). — Chinoises et
enfants (210). — Paysan étendu à terre (293). Trois pièces à la sanguine d'après Fr. Boucher. Belles épreuves.

87 — Deux têtes de vieilles femmes sur la même planche,
d'après Miéris (259). Belle épreuve imprimée en noir.

88 — Le Paysan de Gandelu. (Portrait de l'abbé Pommyer,
conseiller au Parlement), d'après Cochin, in-4 à la sanguine (262). Très belle épreuve.

89 — Buste de jeune femme la tête de trois quarts à droite et
renversée en arrière avec des perles dans les cheveux. elle
presse contre son sein des colombes, gravé aux crayons de
couleur d'après Fr. Boucher (510). Épreuve encadrée.

DESBOUTINS (M.)

90 — La femme au chat. Très belle épreuve avant toutes lettres signée par le graveur.

DESENNE (d'après Alex.)

91 — Portraits des personnages les plus célèbres, gravés en
taille-douce par les plus habiles artistes, publiés chez
Ménard et Desenne, 1824. 173 p. in-8° la plupart avec la
lettre grise.

DESNOYERS (Aug.)

92 — La Vierge dite la Belle Jardinière, d'après Raphaël.
Belle épreuve, grandes marges.

DESNOYERS (Fr.)

93 — La Visitation, d'après Raphaël. Belle épreuve avec le cachet, marges.

DEVERIA (Ach.)

94 — Soirée de Carnaval. - Une soirée musicale. Deux heures après midi. Trois lithographies. Belles épreuves.

DIVERS

95 — Costumes militaires. Caricatures et lithographies par Charlet, Vernet, H. Monnier, Pils, etc. 17 p.

96 — Eaux-fortes modernes par Meryon, Buhot, Margelidon, Jasinsky, Monziès, Roybet, Boilvin, Lalauze, etc. 13 p., plusieurs sont avant la lettre.

97 — Estampes anciennes par ou d'après Audran, de Boissieu, Callot. Parrocel, Perignon, Weirotter. Eaux-fortes et estampes modernes par Decamps, Géricault, Ch. Jacque, Marvy, etc. Portraits, vues, paysages, etc., environ 150 p. (deux lots).

98 — Estampes anciennes de toutes les écoles. Paysages, Allégories. Emblèmes, Ornements, etc. Dessins de l'Ancien Testament. Environ 700 p. (5 lots).

99 — Estampes anciennes des XVIIe et XVIIIe siècles, par ou d'après Rubens, Téniers, Guélard, Mme Lebrun, etc. Sujets galants et mythologiques. Eaux-fortes modernes par Bracquemond, Manet, Ribot, Ballerov, Jacque, etc. Publications du Journal l'*Artiste*, galerie de Versailles. Vignettes, Portraits. Environ 850 p. (Sept portefeuilles).

100 — Estampes in-folio, gravures, eaux-fortes et manière noire. Dix pièces.

101 — Femmes célèbres françaises et étrangères. 22 portraits in-8 et in-4.

102 — Gravures au trait d'après les œuvres de P. P. Rubens. — Militaires par Salvator Rosa. — Divers costumes français par S. Le Clerc. Cris de Paris, Militaires, Gueux, Métiers, par Duplessis Bertaux. Sept albums.

103 — Lithographies et Eaux-fortes par ou d'après Gaillard, Gavarni, Géricault, C. Vernet, Bonington, etc. Dix huit pièces. Belles épreuves.

DIVERS

104 — Lithographies et gravures sur Napoléon, Voyages, Batailles, Portraits, etc. Treize pièces.

105 — Littérateurs. Hommes d'Etat. Ministres. Cardinaux, etc. 34 portraits in-8, anciens et modernes, plusieurs sont avant la lettre ou à l'eau-forte pure.

106 — Personnages étrangers. Souverains Savants. Ministres. Généraux, etc. 39 portraits in-8 et in-4. Plusieurs sont rares.

107 — Portraits. Costumes. Eaux-fortes. Gravures, etc. Dix-neuf pièces.

108 — Portraits de la famille d'Orléans. Batailles, etc. 22 p. Gravures et Lithographies in-4 et in-fol.

109 — Vignettes et Portraits pour l'histoire de France. Littérateurs, écrivains, etc. 89 p.

110 — Vignettes Romantiques. Portraits de Victor Hugo. Eaux-fortes par Rops, Brunet-Debaisne, Hédouin et Toussaint. Portraits contemporains. 16 p., plusieurs sont avant la lettre.

111 — Vues et monuments d'Italie, par Piranesi. — Scènes historiques d'après Rubens. — Palais et maisons et autres édifices de l'Italie moderne. 20 p.

DORÉ (Gustave)

112 — La légende du Juif-Errant. Compositions et dessins, par Gustave Doré, gravés sur bois par F. Rouget, Jahyer et Gauchard. *Paris, Michel Lévy, 1856*, in-fol. en feuilles.

DORÉ, DECAMPS, GAVARNI

113 — Couverture pour la légende du Juif-Errant. — Scènes de chasses. — Portraits de Melingue et de Sauvage. 5 p. Belles épreuves.

DREVET (P.)

114 — *Rigaud* (Hyacinthe) d'après lui-même, avec la palette (D. 111). Belle épreuve du 2e Etat.

DUCREUX (Jules)

115 — Combat de cavaliers. Eau forte, signée, rare.

DUPLESSIS-BERTAUX

116 — Bataille de Marengo, in-4 en larg. Belle épreuve avant la lettre, marges.

EARLOM (Rich.)

117 — The Royal Academy of arts, d'après Zoffani, in-fol., à la manière noire. Très belle épreuve, marges.

EAUX-FORTES MODERNES

118 — L'Illustration nouvelle, par une Société de peintres graveurs à l'eau-forte ; 2e année. 48 p. à toute marge.

ÉCOLE ANCIENNE

119 — Gravures sur bois et eaux-fortes par Alb. Dürer, Rembrandt, et autres, 30 p. originales et réimpressions.

ÉCOLE ANGLAISE

120 — Sujets d'Histoire, deux petites pièces ovales gravées en couleur. Très belles épreuves avant toutes lettres. Marges.

121 — Une Visite, épreuve imprimée en couleur, sans marges, encadrée.

122 — Vue de la maison dite High-Shot house à Twickenham occupée par S. A. S. Monseigneur le Duc d'Orléans depuis l'an 1800 jusqu'à l'année 1807 — Vue de la maison occupée par les Aides de Camp de Monseigneur le Duc d'Orléans pendant le séjour de S. A. S. à Twickenham, en 1815 et 1816. Deux pièces en couleur faisant pendants, belles épreuves.

ÉCOLE FRANÇAISE DU XVIIIe SIÈCLE

123 — Histoire du R. P. Girard et de la Cadière. Suite de 4 p. Très belles épreuves, grandes marges.

124 — La Gimblette. — L'Amant pressant. — L'indiscret. — Pygmalion. — Les appas multiples. Six pièces in-4 et in-fol. d'après Moreau, Binet, Schall et Fragonard, épreuves en noir et coloriées.

ÉCOLE FRANÇAISE DU XVIII' SIECLE

125 —Nymphe au bain.— Jupiter et Antiope.—Actéon méta-
morphosé en cerf. — L'Amour aiguise ses traits. – Jupiter
et Léda. — La Vertu irrésolue. — La Comparaison du
bouton de rose. — La nymphe Erigone. –· Bethzabée au
bain. — Les Plaisirs interrompus. — Le Coucher à l'italienne. — L'Esclave heureux. — La Résistance. 13 p.
d'après Van Loo, Boulogne, Vigée-Lebrun, Saint-Aubin,
Bounieu, Hilaire et autres.

126 — Mars et Vénus, peinture attribuée à J.-B. Pierre
encadrée.

EISEN (d'après Ch.)

127 — L'amour européen. — L'amour asiatique. Deux pièces
faisant pendants, gravées par Basan. Belles épreuves.

128 —Les Désirs satisfaits.—La Vertu sous la garde de la Fi-
délité. Deux pièces faisant pendants gravées par Le Beau
et Patas. Belles épreuves, la seconde est avant la lettre.

129 — Le Matin. — Le Midy. — Le Soir.—Le Printemps. —
L'Eté. Cinq pièces, gravées par de Longueil. Belles
épreuves.

ESNAULT et RAPILLY (à Paris chez)

130 –· *Choiseul* (Duc de).— *Diderot.* — *Maupeou* (de). —
Maurepas (de). –- *Vergennes* (de). 5 p. in-4. Belles
épreuves.

131 — *Molière* (J.-B. Poquelin de), in-8, cadre orné, gravure
en contrepartie du portrait gravé par Cathelin d'après Mi-
gnard. Très rare épreuve à l'état d'eau-forte très avancée,
avant toutes lettres, remmargée.

EX-LIBRIS

132 — Ex-libris de Strauss et Sarcey. Deux pièces.

133 — Ex-libris de Louis d'Espienne.—F. A. de Brunswick,
2 diff. — Prince Della Torrella. — Riston. — Seraph.
Malfait. Six pièces.

134 · - Ex-libris de Saulot de Bospin. Deux états.

135 — Ex-libris de Froment. — Le Leu. — Van Mols. Trois
pièces.

EX-LIBRIS

136 — Ex-libris de Tupigny. - Cottin. — De Kerchove. Trois
pièces.

137 — Ex-libris Della Torrella. — Delfino. — Couv. de Saint-
François. — Seyringer. — Volpergia. Cinq pièces.

138 — Ex-libris de R. Rutherfurd, 2 diff. - Cobres-Nicolay.
Quatre pièces.

139 — Ex-libris De Laus de Boissy. — Hénault. — De Monti-
gny. Trois pièces.

140 — Ex-libris de Fr. Sarcey, 2 états. — De Goncourt, par
Gavarni. Trois pièces.

141 — Ex-libris de Champy. — L. d'Espienne. — L'abbé
Morellet. — Stella Scalla Caradori. — Thiroux. — Bar-
nabo Fuligno. Six pièces.

142 — Ex-libris de Duray de Sauray. — Le Peigne d'Houme-
ni. — De Boisgelin. — Cte de Montlaur. — De Reynolds.
— De Nicolay. — Valenti. — Guillaume de Prusse. —
Strobel, etc. Douze pièces.

143 — Ex-libris de Durey de Sauroy. — Las Cases. — Engel-
mann. — De Boisgelin. — Bourbon Italie. — Joubert,
etc. Quinze pièces.

144 — Ex-libris différents. Trente-deux pièces.

145 — Ex-libris différents. Vingt-deux pièces.

146 — Ex-libris différents. Vingt-trois pièces.

147 — Ex-libris différents. Quinze pièces.

148 — Ex-libris différents. Vingt-cinq pièces.

149 — Ex-libris par Aglaüs Bouvenne : Ozy. — Asselineau.
— Th. Gautier. — Champfleury. — Fr. Coppée. — V. Hugo,
etc. Douze pièces.

150 — Ex-Libris Arnaudet et O. Uzanne, par Ag. Bouvenne. —
de Bouvenne et Poulet-Malassis, par Bracquemond. — Les
Frères de Goncourt, par Gavarni. — Goury, par Barbier. —
Gambetta, etc. Quatorze pièces.

151 — Ex-Libris par Henry André : Bailly. — Bonsergent. —
Le Bayon. — Lermina. — Picard, etc. Douze pièces.

EX-LIBRIS

152 — Ex-Libris de Germain. — Couvento. — Kapnist. — Ra-
partier, etc. Quatorze pièces.

FICQUET (Et.)

153 — *Corneille* (P.). — *Lamothe Levayer*, avant les noms
d'artistes. — *Regnard*. 3 portraits in-8. Belles épreuves.

154 — *La Fontaine* (Jean de), d'après H. Rigaud, in-8. Très
belle épreuve avec le ruisseau blanc, grandes marges.

155 — *Rousseau* (J.-J.), d'après La Tour ; in-8, épreuve
avant les noms d'artistes, (a été pliée).

FLIPART (J.-J.)

156 — Adam et Eve, d'après C. Natoire. Belle épreuve à toutes
marges.

FORNET (E.)

157 — Grève de mineurs, d'après Roll.

FRAGONARD (Honoré

158 — L'Armoire, in-fol. en larg. *A Paris, chez Naudet.*
Belle épreuve, grandes marges.

FRAGONARD (d'après H.)

159 — Le Contrat. — Le Verrou. Deux pièces faisant pendants,
gravées par Blot. Bonnes épreuves.

160 — Dites donc s'il vous plaît. - Le petit prédicateur. Deux
pièces par N. de Launay ; épreuves avec le nom de Marel.

161 — .... *Spirat adhuc Amor*, gravé par le Cte de Paroy.
Belle épreuve en bistre. Marges.

162 — Le Pot au lait. — Le Verre d'eau ; deux pièces faisant
pendants par N Ponce. Epreuves à toutes marges.

163 — Le Verre d'eau par N. Ponce. Belle épreuve sur papier
vélin.

164 — Suite de vingt figures in-4, pour les *Contes de Lafontaine*, Ed. Didot 1795. Belles épreuves à grandes marges.
Six planches sont avant les numéros.

FRAGONARD (d'après H.)

165 — Suite de six planches complémentaires, tirage postérieur.

FREUDENBERG (d'après S.)

166 — La Félicité villageoise, par N. de Launay. Très belle épreuve avant toute lettre, avant la dédicace et avant les Armes. Grandes marges.

167 — La Gaieté conjugale, par N. de Launay. Belle épreuve.

FUSAIN (le)

168 — Réunion de quarante fac-simile de dessins au crayon noir par Appian, Butin, K. Robert, Vignal, Miriel, etc., dans le cartonnage de publication.

GAILLARD (F.)

169 — *Pie IX*. Belle épreuve sur papier de Chine.

GARNERAY (d'après L.)

170 — Promenades Aériennes, Jardin Baujon, honoré de la présence de Sa Majesté le 2 août 1817, gravé par Lerouge épreuve coloriée à toutes marges.

GATINE.

171 — Costumes de divers pays, planches 1 à 50, d'après Lanté, 1827, in-4. Très belles épreuves coloriées du 1er tirage, dem.-rel. chag. rouge.

GAUCHER (C. S.)

172 — *Laborde* (Jean Benjamin). — *Le Fort.* — *Marmontel.* 4 p. in-8. Belles épreuves, une est avant la lettre.

GÉRICAULT.

173 — Mameluck de la Garde Impériale défendant un jeune trompette blessé contre un cosaque qui arrive au galop. (8. RR.) Belle épreuve.

GILL (André).

174 — Dix dessins de la *Lune Rousse* refusés. Paris, 1878, en feuilles, dans la couverture.

GIRARD (F.).

175 — *Louis XVIII*, d'après F. Gérard, in-fol. Belle épreuve du 1er tirage, encadrée.

GIRARDET (Jules).

176 — Vieillard et Servante? Epreuve avec remarque sur papier de Chine. Signée par l'artiste.

GRAVELOT (d'après H.)

177 — Costume de femme en pied, par C. Grignion. Belle épreuve.

GREUZE (d'après J. B.)

178 — L'Aumône. — Le Geste Napolitain. — L'Enfant gâté.— Le Silence. Quatre pièces par Moitte, Le Bas et L. Cars. Belles épreuves, une est imprimée en bistre.

179 — L'Enfant gâté. — Le Silence. — La lecture de la Bible.— Le Père de famille. — La Dame bienfaisante. — Le Paralytique servi par ses enfants. — Le fils puni, etc. Huit pièces, plusieurs sont sans marges.

GREVEDON et NOEL

180 — *Louis-Philippe. — Marie-Amélie.* Deux portraits in-fol. d'après Winterhalter, 1842. Belles épreuves sur papier de Chine, encadrées. (Piqûres d'humidité).

GUTTENBRUN (d'après)

181 — Roman Nymphs, par Tresca. Belle épreuve.

HENRIQUEL-DUPONT

182 — Le Prince Impérial, d'après Dubufe 1859, in-4. Belle épreuve avant la lettre sur papier de Chine, avec dédicace.

HERSENT (d'après)

183 — Louis XVI distribuant ses bienfaits aux pauvres pendant le rigoureux hiver de 1788, gravé par Pierre Adam en 1822 Epreuve avant la lettre, on y a joint une Lithographie du même sujet. Deux pièces.

HOUSTON (R)

184 — L'Odorat, d'après F. Hayman, gravure à la manière noire, in-4.

HUET (d'après J.-B)

185 — L'Amant écouté. — L'Éventail cassé. Deux pièces faisant pendants, gravées en couleurs par Bonnet. Très belles épreuves sans marges.

186 — Diane et Endymion, par L. Bonnet. Belle épreuve en couleur, remmargée.

INGRES (d'après)

187 — La Source. — Œdipe. — Apothéose de Napoléon Ier. Trois pièces par Salmon. Belles épreuves sur papier de Chine.

ISABEY (I.)

188 — *Osmond* (Mme la Comtesse d'). Lithographie in -8. Belle épreuve sur papier de Chine.

189 — *Ligne* (Le Prince de). — *Wellington* (Le Duc de). Deux portraits in-8 gravés par Mécou et Weiss. Belles épreuves.

ISABEY (Eugène)

190 — Environs de Dieppe Lithographie in-4. Belle épreuve sur papier de Chine.

JACQUE (Ch.)

191 — Portrait de M. *Luquet*, in-4, 1866 (G suppl. 229). Belle épreuve avant la lettre.

JACQUET (Jules)

192 — La défense de Paris, groupe de Barrias (H. B. 36.) Belle épreuve avant la lettre sur papier du Japon.

JANINET (Fr.)

193 — *Saint-Huberti* (Mme) actrice, d'après Le Moine, in-8. Très belle épreuve en couleur, grandes marges.

194 — Vénus en réflexion. — Vénus désarmant l'Amour. Deux pièces faisant pendants gravées en couleur d'après Charlier. Belles épreuves, sans marges.

JANINET (Fr.)

195 — Vue du Champ de Mars à l'instant où le Roi, les Députés à l'Assemblée nationale et les Fédérés réunis, y prononcent le Serment civique, le 14 juillet 1790. Vue prise du côté de Grenelle, d'après Meunier, in-fol. en couleurs. Belle épreuve.

196 — Nina ou la folle par amour, d'après Hoin. Epreuve en couleur sur papier ancien, de la reproduction.

197 — Les restes d'un Palais égyptien. — Vestiges d'un temple de la Grèce. Deux pièces faisant pendants d'après Panini. Belles épreuves en couleur, petites marges.

198 — Vestiges d'un temple de la Grèce, d'après Panini. Belle épreuve en couleur, sans marges.

199 — Les nourrices, d'après Fr. Boucher. Belle épreuve en bistre, à toutes marges.

JAZINSKI (Félix)

200 — L'amant de la lune, d'après Montégut, 1889 (H. B. 10). Très belle épreuve avant la lettre et avec remarque, sur parchemin. Signée par les artistes.

JAZET

201 — Bivouac du 3me Régiment de Hussards, commandé par le Colonel Moncey, d'après H. Vernet, gr. in-fol. en larg. Belle épreuve.

JAZET, GARNIER

202 — Judith et Holopherme, d'après H. Vernet. — Ruth et Booz, d'après Schopin. Deux pièces gr. in-fol. gravées à la manière noire, épreuves avant la lettre, encadrees.

JOHANNOT (Tony)

203 — Jeune fille debout, faisant un bouquet. — Le Gué. — Jeune fille faisant la lecture à deux enfants. — Scène Biblique. 4 p. à l'eau-forte. Belles épreuves avant la lettre sur papier de Chine.

LA JOUE (d'après J. de)

204 — Titre gravé par I. Moyreau pour les Œuvres de Ph. Wouvermans, in-fol. en larg. Très belle épreuve, marges.

LALANNE (Maxime)

205 — Souvenirs artistiques du Siège de Paris, 1870-1871. Suite de douze eaux-fortes. Belles épreuves à toutes marges. Dans la couverture de publication.

LALAUZE (Ad.)

206 — Le Petit Monde. Collection de un titre et 10 eaux-fortes, in-4, dem.-rel. chag. bleu.

LANCRET (d'après N.)

207 — Le Matin. — Le Gascon puni. — Le Faucon. — Les deux amis. 4 p. par de Larmessin. Bonnes épreuves.

LANGLOIS (P. G.)

208 — Frédéric II. — Pierre Ir. — Voltaire. 6 p. in-8. Belles épreuves, une est avant toutes lettres.

LANTE (Joseph)

209 — Voltaire et le Père Adam, in-fol. Belle épreuve.

LARMESSIN (de), NANTEUIL, TROUVAIN

210 — *Hallé* (Claude). — *Mazarin*. — *Pesne* (Jean). Trois portraits in-fol. Belles épreuves, (deux sont doublés).

LAVREINCE (d'après N.)

211 — Le Billet doux, par N. de Launay (E. B. 10). Épreuve sur papier vélin. (Taches d'humidité).

212 — Les Nymphes scrupuleuses, par Vidal. (42). Belle épreuve.

LAWREINCE (d'après Sir Th)

213 — Portrait d'homme à mi-corps. Belle épreuve avant toutes lettres, in-4.

LE BARBIER (d'après)

214 — Bienfaisance du Roy, par Le Vasseur. Belle épreuve.

215 — Le mari dupé et content. — La Prudence en défaut. Deux pièces faisant pendants, gravées par Patas Belles épreuves avec marges.

LEBAS (J. Ph.)

216 — Rue d'un camp. — Distribution de fourrage au sec. — Foire de Venise. Trois pièces d'après Chantreau et Parrocel, imprimées sur la même feuille. Rare.

LE BEAU.

217 — *Du Barry* (Mme la Comtesse), d'après Marilly. In-4, cadre orné. Très belle épreuve avant le N°. Marges.

LE BOUTEUX (d'après)

218 — L'Amant pressant. — L'Amant consolateur. Deux pièces faisant pendants gravées par De Mouchy. Belles épreuves.

LE BRUN (d'après L.)

219 — L'Entretien amoureux par Chatelain. Très belle épreuve avant la lettre.

LE CLERC (Sébastien)

220 — Conquêtes de Louis Le Grand, Roi de France et de Navarre. Devises pour les Tapisseries du Roy, où sont représentez les quatre Élémens et les quatre Saisons de l'année. Autres devises ; ensemble 26 p. Belles épreuves.

LE PAON (d'après)

221 — Revue de la Maison du Roi, au trou d'enfer, par J. Ph. Le Bas. Belle épreuve. Marges.

222 — La même Estampe. Belle épreuve avant la lettre. Petites marges.

LE PRINCE (J.-B.)

223 — Le Repos. 1771. Très belle épreuve en bistre. Sans marge.

LEVASSEUR.

224 — La Pêche. Belle épreuve avant la lettre sur papier de Chine. Signée par l'artiste.

LUNOIS (Alex.)

225 — Les Lavandières descendant l'escalier d'un quai, d'après un tableau de Daumier. In-fol. 1888. (H. B. 10). Très belle épreuve avant toutes lettres sur parchemin, signée par l'artiste.

MACRET (C. F.).

226 — Vue de l'explosion du magasin à poudre d'Abbeville, le 2 novembre 1773, d'après A. Choquet. In-fol en larg. Belle épreuve.

MARCENAY DE GUY. SAVART.

227 — *Villars* (Maréchal de). — *D'Alembert.* 2 p. in-8. Belles épreuves, une est avant toutes lettres.

MARIN (L.).

228 — La Satisfaction maternelle d'après Bonnieu. Belle épreuve en couleur.

MEISSONNIER (d'après E.).

229 — La Halte, ou le tournebride, in-4 en larg. par Le Rat. Belle épreuve à l'eau-forte pure sur papier du Japon.

230 — Les Joueurs de cartes, in-4. Sans nom de graveur. Belle épreuve à l'eau-forte pure.

MEYER (H.)

231 — Sir Roger de Coverly Going to Church accompanied by the spectator and surrounded by his tenants, d'après Leslie ; in-fol. en larg. Belle épreuve sur papier de Chine.

MONDHARE (à Paris chez)

232 — 1er Cahier d'Arabesques. 6 p. par Giraut d'après Tibesar. — 2e Cahier d'Arabesques. 6 p. par Juillet d'après Michel. Ensemble 12 p. à toutes marges.

MONNIER (L.)

233 — Projet de restauration de la seconde maison donnée par Monsieur de Berbisey, 1er Président de Bourgogne à ses successeurs, d'après N. Le Noir le Romain Arch. 7 p. en recueil.

MONSIAU (d'après N.)

234 — Quatre estampes in-4 pour le *Voyage sentimental* de Sterne. Belles épreuves avant la lettre.

235 — Trois planches doubles. Très rares épreuves à l'eau-forte pure. Marges.

MOREAU LE JEUNE (J. M)

236 — *Charles Emmanuel*, Roi de Sardaigne. — *Louis XV.*
— *La Vrillière* (Duc de). Trois portraits in-8.

MOREAU LE JEUNE (d'après J. M.)

237 — Mélicerte, par J. J. Le Veau, 1773, in-8. Très rare
épreuve à l'eau-forte pure, grandes marges.

238 — Le Tartuffe, par Simonet, 1773, in-8. Très belle épreuve
avant la lettre, grandes marges.

239 — Les Petits Parrains. — La petite Toilette. Deux pièces
par Baquoy et Martini. Belles épreuves, grandes marges.

240 — Tullie fait passer son char sur le corps de son père, par
J. B. Simonet, in-fol. Deux épreuves avant la lettre et à
l'eau-forte pure, grandes marges.

MORLAND (d'après G.)

241 — The Fair Penitent, par Bartolotti. Belle épreuve en
couleur, marges.

MORRET

242 — *Assas* (le chevalier d'). Superbe épreuve en couleur
avant toutes lettres, grandes marges, rare.

MORSE

243 — La Collaboration (Molière et Corneille) d'après Gérome,
épreuve sur papier de chine.

MOUCHERON (J.)

244 — Plusieurs belles et plaisantes veües et la cour de
Heemstede dans la province d'Utrecht. Suite de 26 p.
dont il manque les n°˙ 12 et 13. Belles épreuves.

NANTEUIL (Rob).

245 — *Savoye* (Marie Jeanne-Baptiste de), Duchesse de Savoye.
Princesse de Piémont, etc., d'après Laurent du Sour. (R.
D. 169). Très belle épreuve du 1ᵉʳ Etat avant les mots :
Avant la minorité de son fils. Marges, rare.

NANTEUIL (Célestin)

246 — Lucrèce Borgia. 1833, in-8. Belle épreuve sur papier de Chine. (Signature à l'encre au bas).

247 — Les premières roses d'après Chaplin. Belle épreuve.

NAPOLÉON (Pièces sur)

248 — Napoléon 1er à cheval. Lithog. in-fol. sans noms d'artistes. Belle épreuve.

249 — Fac-similé de la revue du Général Bonaparte 1er Consul, an IX... 1800. Gravure au trait de format in-4 de la grande planche d'Isabey, très rare.

250 — Inauguration de la statue de Napoléon, le 28 juillet 1833, d'après Ch. Monnet. In-4 en larg.

251 — Eugène Beauharnais rendant les derniers devoirs à sa mère. — Mort du Prince Eugène Beauharnais. Deux pièces en couleur par Charon d'après Martinet. Marges.

252 — Jemmapes. — Bataille de Valmy. Deux lithog. in-fol. en larg. par Bellay, d'après H. Vernet. Belles épreuves sur papier de Chine.

253 — Napoleon at Eylau, in-fol. à la manière noire d'après Gros.

254 — Portraits de Napoléon et de la famille Impériale. Cartes, almanachs, caricatures, etc. 33 p., plusieurs sont coloriées.

255 — Imagerie populaire. 19 p. coloriées.

NATTIER (d'après J. M)

256 — La Belle Source. (Portrait de Madame de Chateauroux), par Meliny, in-4. Belle épreuve.

ORME (D.)

257 — *Stanislas Auguste*. King of Poland d'après Le Brun, in-8. Très belle épreuve imprimée en couleur, remmargée.

ORNEMENTS

258 — **Babel**. Cartouches ornés. 7 p.

259 — **Babel** (d'après). Emblèmes et devises. 47 p.

260 — **Berthault, Ranson**. Culs-de-lampe et fleurons à l'usage des Artistes, Cartouches, Trophées, Groupes de fleurs et d'ornements, panneaux, etc. 34 p.

ORNEMENTS

261 — **Chenavard**. Album de l'ornemaniste, publié par E. Leconte, 1832. 60 pl. — Recueil de dessins de tapis, Tapisseries et autres objets d'ameublement, exécutés dans la Manufacture de M. Chenavard, 42 pl. ; le tout en un vol. in-fol. dem.-rel. v.

262 — **Ducerceau** (d'après). Meubles. Héliogravures de Baldus. 23 p.

263 — **Huquier**. Frontispice de l'Œuvre de Meissonnier. — Cheminée monumentale. — Entourages pour glaces. 5 p. in-fol. d'après Meissonnier, Oppenord et Gillot. Superbes épreuves à toutes marges.

264 — **Le Pautre**. Collection des plus belles compositions de Le Pautre, publiée et gravée par Decloux architecte, et Doury Peintre. *Paris*, s. d., in-fol., demi-rel. v.

265 — **Le Pautre**. Emblèmes de P. Ovidius Naso, inventées par Jean Le Pautre, nouvellement mises en lumière par Corneille Danckerts, in-4 obl., titre frontispice et 16 pl.

266 — **Monnoyer** (J.-B.) Vases et bouquets de fleurs, 18 p.

267 — **Queverdo** (F. M.). Deuxième Cayer de Panneaux, frises et sujets arabesques. Suite de 6 p.

268 — **Saint-Aubin** (Germain de). 1er et 2e Recueils de chiffres. Frontispice et huit planches gravés par Marillier. Épreuves à toutes marges. (Une est endommagée).

269 — **Salembier**. Frises. Suite de 5 p. Belles épreuves.

270 — **Sédille** (Paul), architecte. Les Grands Magasins du Printemps, texte et 14 pl. in-4, cart.

271 — Encadrements. Cartouches. Titres de musique, etc. 14 p. par Lalonde, Arrivet, Cochin et autres.

272 — Emblèmes. Devises. Rampes. Grilles. Cadres ornés. Frises. Cartels. Arabesques, etc., etc., par Bérain, Babel, Boucher, Cauvet, Crépy, Delafosse, Dunker, Forty, Lalonde, Pillement, Ranson, Salembier et autres. 110 p.

PARIS (Pièces sur)

273 — Les Sept plans de Paris, depuis son origine jusqu'à Louis XIV, dessinés et gravés par Coquart, 7 p.

274 — Plan de la Ville et des faubourgs de Paris, 1760. — Plan Routier de la Ville et faubourg de Paris, 1775. — Plan de Versailles, du Petit Parc et de ses dépendances, par l'abbé Delagrive, 1746. 3 p.

PARIS (Pièces sur)

275 — Vue générale de la Ville de Paris. — Le Jardin du Palais
des Thuilleries. — L'Hôtel de Ville. — Le Pont-Royal.
Cinq pièces, par Rigaud, Silvestre et Chaufournier.

276 — Hôtel de Ville de Paris : Fêtes et Cérémonies à l'occasion
de la naissance et du baptême de S. A. le Prince Impérial.
Paris, Mourgues, 1850, texte et photographies in-fol. cart.

PATER (d'après)

277 — Le Concert amoureux, par Fillœul. Belle épreuve.

PETERS, WILLE (P. A.) (d'après)

278 — La Jardinière en repos. — Le Vigneron galant. — Les
Délices maternels. — Les Soins maternels. 4 p. par Le
Vasseur et Wille. Épreuves avec marges.

PETIT

279 — *Louis*, Dauphin de France, d'après La Tour, in-4. Belle
épreuve à toutes marges.

PEYRE FILS

280 — Projets de reconstruction de la Salle de l'Odéon. *Paris*,
1819, in-fol., planches. En feuilles.

PIÈCES HISTORIQUES

281 — Procession de la fameuse ligue contre Henri IV en 1593,
deux épreuves. — Meurtre de Henri IV, dit le Grand,
Roy de France. Ensemble trois pièces.

282 — Le magnifique Portail de l'Église Cathédrale de Notre-
Dame de Reims. Entrée de Louis XV, Roy de France et
de Navarre dans la Ville de Reims, pour y être sacré le...
octobre 1722. *Chez Demortain*, petit in-fol. Belle épreuve.

283 — Costume de Chancellier. — Vue perspective de l'Inté-
rieur de la Salle de la place Dauphine. — Fontaine des
Muses. — Histoire de la Ville de Paris. — Cérémonies. —
Cortéges, etc. Huit pièces in-4 et in-fol.

PILLOT (à Paris chez)

284 — Ecoute ! l'heure sonne. — Allons vite dîner ! Deux
sujets d'enfants, marges.

PIRANESI ET AUTRES

285 – Description de la Ville de Rome et de ses monuments, plans, cartes, etc. 20 p. gr. in-fol. en recueil.

PRENNER (Gasparo de)

286 — Les principales peintures du Palais-Royal de Caprarole. 36 p. — Un portrait et 5 pl. de G. Vasi sur le Palais de Caprarole. Ensemble 42 p. à toutes marges.

PRUD'HON (P. P)

287 — Une famille malheureuse. Lithographie in-8. Belle épreuve.

PRUDHON (d'après P. P.)

288 — L'Amour réduit à la raison. — Le Cruel rit des pleurs qu'il fait verser. Deux pièces faisant pendants, gravées par Copia. Belles épreuves, grandes marges

289 — Le Bain. Lithog. in-fol. par Blanchard. Belle épreuve sur papier de Chine.

290 — L'Enlèvement de Psyché, par H. Ch. Muller. Belle épreuve, marges.

291 — La même estampe. Très belle épreuve à toutes marges.

292 — Le Triomphe de Napoléon. Lithographie in-fol. par Maurin. Belle épreuve sur papier de Chine.

293 — Innocence et Amour, par Villerey. Très belle épreuve avant toutes lettres. Marges.

294 — La Toilette (portrait de Mlle Mayer). Lithog. de Maurin. Belle épreuve.

295 — L'Amour réduit à la raison. — Une famille malheureuse. — Marguerite. — L'Etude guide l'essor du Génie. — La Toilette. — La Grotte. — Le fils de Gouvion Saint-Cyr. Phrosine et Mélidor. 13 p. Gravures et lithographies

PRUD'HON ET Mlle MAYER (d'après)

296 — L'Amour séduit l'Innocence, le Repentir suit. — L'Innocence préfère l'Amour à la Richesse. Deux pièces in-fol. faisant pendants gr. par B. Roger. Très belles épreuves avant la lettre. Grandes marges.

RAFFET (Aug)

297 — Son portrait, assis et dessinant. Lithog. par son ami Aug. Bry. Très belle épreuve avant la lettre sur papier de Chine. Rare.

FFET (Aug.)

298 — Le colonel du 17ᵉ léger (G. 7). 1841. — Le drapeau du
17ᵉ léger (83). Deux pièces in-folio faisant pendants. Très
belles épreuves sur papier de Chine.

299 — *Aumale* (S. A. R. le duc d'). 1843. (8). Belle épreuve
sur papier de Chine.

300 — Le Réveil. 1848. (85). Très belle épreuve du 2ᵉ état, sur
Chine, avec le titre fin et avec le numéro après le nom de
la rue. A toutes marges.

301 — Le Rêve (86). Belle épreuve du 2ᵉ état sur papier de
Chine court, à toutes marges.

302 — Aqueduc d'Algésiras. Pl. 3 du *Voyage de l'Astrolabe*
(non décrite dans le catalogue de Giacomelli). Belle épreuve
à toute marge.

303 — Petite affiche pour l'*Histoire de Napoléon*, par de
Norvins (122 R.). Epreuve coloriée, sans marges.

304 Pauvres enfants ! ! (387). — Ils grognaient et le suivaient
toujours (414). — Bautzen (423). — Retraite de Constan-
tine (540-541). — Titre : Souvenirs d'Italie, 1852 (557).
— Famille Tatare en voyage (632). Sept pièces. Belles
épreuves ; une est sans marges.

305 — La Revue nocturne (429). Très belle épreuve sur papier
de Chine court, à toutes marges.

306 — Expédition et siège de Rome. Suite de un titre et 36
lithog. (557-593). Belles épreuves du 2ᵉ état sur papier
de Chine à toutes marges.

307 — Planches doubles portant les nᵒˢ 4, 9, 12, 13, 14, 20, 29.
Epreuves de 1ᵉʳ état à toutes marges. Texte pour le Voyage
en Crimée, et 3 planches. Ensemble 10 p.

RAFFET (d'après Aug)

308 — *Prince Demidoff*, par Pollet ; in-8. Belle épreuve avant
la lettre sur papier de Chine.

RANSONNETTE (N.).

309 — Henri IV chez le Fermier Michau. Belle épreuve avant
la lettre (mouillures).

RÉVOLUTION (Pièces sur la)

310 — La Prise de la Bastille. Pièce satyrique gravée sur bois.

RÉVOLUTION (Pièces sur la)

311 — Scène dans l'intérieur de la Bastille, pendant la journée du 14 Juillet 1789 ; par Hardener, d'après Klooger. — Prison des Magdelonnetes devenue maison d'arrêt sous la tirannie de Robespierre, l'an 1794. Deux pièces in-fol.

3l2 — Médaillon en forme de trompe-l'œil, où se trouvent représentés les portraits de Lafayette, Mirabeau, Bailly, Necker, etc. Deux épreuves en bistre et en couleur.

313 — Vignettes et Portraits pour l'Histoire de la Révolution, du Consulat et de l'Empire; édition de Perrotin et Furne. 118 p.

314 — Portraits-vignettes pour l'Histoire des Girondins, par M. A. de Lamartine. Suite de 36 p. par Raffet. Epreuves de 1er tirage, en livraisons.

RIEPENHAUSER 1807 ?

315 — Femme assise tenant un enfant sur ses genoux. Gravure sans légende, imprimée sur un papier avec deux cachets, dont un aux armes papales et le titre : *Bollo staordinario. Roma*. Belle épreuve.

ROLLET

316 — La Maréchale d'Ancre. — Louis XIII et Richelieu Deux pièces faisant pendants d'après Jacquand. Belles épreuves avec la lettre grise, grandes marges.

RUET (L.)

317 — L'Atelier de Peintre, d'après Maurice Le Loir. Belle épreuve d'artiste avec remarque, sur papier du Japon.

RYDER (T.)

318 — Lavinia and her Mother, d'après la miniature de S. Shelley. Très belle épreuve à la sanguine avec les noms à la pointe, à toutes marges.

SABLET (J.)

319 — Vieille Italienne en prière. Rome 1786, eau-forte in-4. Belle épreuve avant la lettre, les noms à la pointe.

SAINT-AUBIN (Aug. de)

320 — *Catherine II. — Gresset. — Jeliotte (P.). — Mancini-Nivernois. — Louis XV. — Marmontel. — Montesquieu. — Voltaire.* 9 p. in-8 et in-4, la plupart avant la lettre,

SAINT-AUBIN (d'après Aug.)

321 — Vénus Anadyomène, d'après le Titien, in-4 (E. B. 687).
Très belle épreuve du 5e état avec une petite coquille qui
surnage à droite, grandes marges.

SAINT-AUBIN (d'après Aug. de)

322 — L'Heureux ménage. — L'Heureuse mère. — La Tendresse
maternelle. — La Sollicitude maternelle. Suite de quatre
pièces en couleur, gravées par Sergent, Moret et Gautier
l'aîné. Très belles épreuves encadrées.

SANDOZ (d'après)

323 — *Retz* (Cardinal de). — *Sévigné* (Mme de). — *Sévigné*
(Henry de). — *Malherbe*. — *Anne d'Autriche*. — *Si-
miane* (Mme de). — *Boileau*. — *Grignan* (Mme de). —
Sévigné (Charles de). 10 portraits in-4, publiés dans les
Grands Ecrivains de Hachette, plusieurs sont avant la lettre.

SAENREDAM (Jean)

324 — L'Histoire d'Adam. Suite de six estampes d'après Ab.
Bloemart (B. 13-18). Très belles épreuves (manque la
planche 3e).

SCHENCK (P.)

325 — De Vacuo pectore cédat amor ; gravure à la manière
noire, in-4. (Raccommodages).

SILVESTRE (Israël)

326 — Veues et monuments de Paris, Dijon, Valery, Anecy le
Franc, Boullongne, Escouan, etc. 37 p. Belles épreuves.

327 — Veue de l'Hostel de Liancourt à Paris. — Différentes
veues, fontaines, cascades, canaux, etc., du château, des
jardins, parterres de Liancourt. 27 p. Belles épreuves.

SIMON (J.)

328 — The Element of Air. — The Element of Earth. — The
Element of Fire. — The Element of Water. Suite de
quatre pièces gravées à la manière noire d'après Amiconi.
Belles épreuves.

SMITH (I.)

329 — *Maria*. D. G. Angliæ, Scotiæ, Franciæ et Hiberniæ Re-
gina, à la manière noire d'après Vandervaart. Belle
épreuve.

STOTHART (d'après Th.)

330 — Le Pouvoir de l'Innocence. — La Ruse innocente. — Cécile amoureuse. — Cécile fidèle. Suite de 4 p. par Ragona, épreuves à toutes marges.

STRANGE (R.)

331 — *Charles 1er* debout en manteau royal, d'après Van Dyck, in-fol. Très belle épreuve, marges.

332 — Danaë. — Vénus. Deux pièces faisant pendants d'après Le Titien. Belles épreuves.

333 — Danaë, d'après Le Titien. Bonne épreuve.

TEMPESTA (Ant.)

334 — Divers sujets de batailles. Suite de huit estampes (B. 848-855), marges.

TOPOGRAPHIE

335 — Plans et façades des principales églises de France. 25 p. Gravures et lithographies.

336 — Vues de diverses villes de France et d'Europe par différents auteurs des XVIe, XVIIe et XVIIIe siècles. 115 p. (Trois lots).

337 — Cartes, plans, vues de villes de la France, la Belgique, la Hollande, l'Allemagne. Environ 400 pièces. (Six lots).

VERNET (d'après J.)

338 — L'Entrée du Port de Marseille. — La ville et la rade de Toulon. 2 p. par Cochin et Le Bas. Epreuves encadrées.

VERNET (Carle).

339 — Chaise de poste anglaise. Lithog. de Lasteyrie. Belle épreuve.

VIBERT (Tony).

340 — Album du Parc de Lyon, suite de 10 pièces gravées à l'eau-forte, in-4 en feuilles dans la couverture de publication.

VIGNETTES

341 — Beaumarchais-Béranger. Seize portraits d'acteurs et sujets. Pièces tirées de diverses publications.

VIGNETTES

342 — **Béranger**. Chansons politiques. Suite de 8 p. in-4 en largeur, coloriées, avec chanson au bas. *De l'Imprimerie de Tencé frères, éditeurs, rue de Schaerbeck, à Bruxelles.* Très belles épreuves, grandes marges.

343 — **Byron** (Lord). Seize portraits, gravures et lithographies, dont un dessin original à la mine de plomb pour *les Œuvres*.

344 — **Cooper** (Fenimore). Vingt-cinq figures in-8, dessinées et gravées à l'eau-forte par T. Johannot, pour *les Œuvres*. Ed. Furne 1831. Belles épreuves avant la lettre sur papier de Chine in-folio.

345 — **Homère**. Suite de un frontispice, avec portrait et 24 figures in-8, de Marillier, pour *l'Iliade*. Très belles épreuves avant la lettre, marges in-fol.

346 — **La Fontaine**. Deux cent soixante-dix-huit vignettes in-18 de Simon et Coiny, pour *les Fables*. Belles épreuves avant les nᵒˢ, la plupart à toutes marges.

347 — **La Fontaine**. Suite d'estampes d'après Lancret, Pater, Eisen, Boucher, etc., pour illustrer *les Contes*. Paris, 1885, 38 pl. in-4 tirées sur papier de Chine.

348 — **Lafontaine**. Six figures in-4 d'après Fragonard et autres, pour *les Contes*, planches complémentaires à la suite des 20. Tirage sur papier ancien.

349 — **Lafontaine**. Neuf figures in-8 et in-4 gravées par différents artistes pour *Les Fables et Psyché*. Belles épreuves.

350 — **Lafontaine**. Suite de trente-deux figures in-4, gravées au trait par C. Normand et autres, d'après Raphaël pour *l'histoire de Psyché*. Ed. Didot.

351 — **Legouvé**. Un portrait par Bertonnier et 6 figures in-8, par Desenne et Deveria pour *les Œuvres*, Ed. Janet, épreuves avant la lettre sur papier de Chine.

352 — **Longus**. Suite de neuf figures in-4 d'après Prud'hon et Gérard pour les *Amours pastorales de Daphnis et Chloé*. Belles épreuves avant la lettre à toutes marges.

353 — **Marguerite de Navarre**. Suite de un frontispice par Dunker et 19 fig. in-8 de Freudenberg, pour *l'Heptaméron*. Belles épreuves du 1ᵉʳ tirage à toutes marges.

VIGNETTES

354 — **Molière.** Dix portraits différents in-18 et in-8 par Hue, Collas, Bertonnier, Posselwhite, Lignon, Audran, Macret, Desrochers, etc. Belles épreuves, plusieurs sont avant la lettre.

355 — **Molière.** Cinq portraits différents gravés sur bois et publiés dans la Gazette des beaux-arts ; épreuves tirées en noir, en bistre, et en sanguine, 15 pièces.

356 — **Molière.** Suite de un portrait par Lépicié d'après Coypel, et 33 estampes in-4 d'après Boucher pour *les Œuvres*, Édition de Delarue.

357 **Molière.** Suite de un portrait par Cathelin et 33 fig. in-8 de Moreau le jeune, pour *les Œuvres*, Ed. de Bret 1773. Tirage de Leclère sur papier vélin, pet. in-4.

358 — **Molière.** Suite de un portrait et 30 fig. in-8 de Moreau le jeune pour *les Œuvres*, Ed. Renouard. Belles épreuves du 1er tirage à toutes marges.

359 — **Molière.** Suite d'Estampes des principaux sujets des comédies de Molière, d'après Charles Coypel, réduite et gravée par T. de Mare. Publiée par Lefilleul. Épreuves en double état, eaux-fortes pures sur Japon et avant la lettre sur Hollande. Ensemble 14 pièces signées par le graveur.

360 — **Molière.** La même collection, épreuves avant la lettre sur Japon et avec la lettre sur Hollande. Ensemble 14 pièces.

361 — **Prévost** (l'abbé). Suite de 8 fig. in-18 de Lefèvre pour *Manon Lescaut*, épreuves avant la lettre, tirage de Leclère, m. in-8.

362 — **Rabelais.** Suite de deux portraits différents et 10 fig. in-8 de Devéria pour *les Œuvres*, Ed. Dalibon. Belles épreuves avant la lettre sur papier de Chine, marg. in-fol.

363 — **Racine.** Un portrait et 11 fig. in-8 de Staal, gravées par De Lannoy. Épreuves d'artistes avant toutes lettres, grandes marges. Quelques doubles.

364 — **Rousseau** (J.-J.). Neuf fig. in-4 pour les *Œuvres*, éd. de 1774. Belles épreuves remargées.

365 — **Saint-Pierre** (Bernardin de). Un portrait par Ribault et six figures in-4 d'après Moreau, Lafitte, Isabey, Prudhon et autres pour *Paul et Virginie*, 1806. Belles épreuves avant la lettre, marges in-fol.

VIGNETTES

366 — **Sand** (George). Trois portraits de femmes in-8 pour *Valentine*. — *La dernière Aldini*. — *Les Compagnons du Tour de France*. Deux sont avant la lettre.

367 — **Scott** (Walter). The Lithographic album of sir Walter Scott's, readers, or 12 sketches by the following distinguished artist. R. Bonington, P. Delaroche et E. Lami. *London, By Colnaghi Son and C°*, 1829. Belles épreuves sur papier de Chine, dans la couverture de publication.

368 — **Sévigné** (Mme de). Suite de vingt-cinq portraits in-8, d'après Devéria, pour *les Lettres* Ed. Dalibon. Epreuves avant la lettre, marges in-fol.

369 — **Sévigné** (Mme de). La même collection, épreuves à l'eau-forte pure, marges in-4 ; très rare.

370 — **Voltaire**. Suite de un portrait et 113 figures in-8 de Moreau le Jeune pour *les Œuvres*, Ed. Renouard, épreuves à toutes marges.

371 — **Voltaire**. Suite de un portrait, un frontispice et 10 fig. de Gravelot pour *la Henriade*. Belles épreuves. Marges irrégulières.

372 — **Voltaire**. Suite de vingt figures in-8 de Gravelot pour *la Pucelle*. Belles épreuves remargées.

373 — **Voltaire**. Suite de seize figures in-18, galantes, attribuées à Marillier pour *la Pucelle*. Epreuves remargées, une est à l'eau-forte pure.

374 — **Voltaire**. Suite de un Frontispice et vingt-une figures in-18 têtes de pages de Duplessis-Bertaux, pour *la Pucelle*, épreuves sur papier de Chine, marges in-8, tirage de Leclerc.

375 — **Voltaire**. Suite de 4 portraits et vingt-une figures in-8, de Moreau le Jeune. Ed. de Kehl, pour *la Pucelle*. Epreuves sur papier de Chine, marges gr. in-8.

376 — **Voltaire**. Suite de vingt-une figures in-8 de Moreau le Jeune. Ed. de Renouard pour *la Pucelle*. Belles épreuves à toutes marges.

377 — **Voltaire**. Suite de vingt-une figures in-8 de Desenne, pour *la Pucelle*. Epreuves sur papier de Chine à toutes marges.

VILLENEUVE (de)

378 — L'auteur sifflé. — L'auteur applaudi, deux petites pièces faisant pendants, gravées à la manière de lavis. Epreuves à toutes marges.

WIERIX (Jérôme).

379 — *Balzac d'Entragues* (Henriette de) (A. 1860). Très belle épreuve avec l'adresse de l'aul^es de la Houve. Très rare.

WILLE (J. G.)

380 — Tricoteuse Hollandaise. — La Dévideuse, mère de Gérard Dow. — La Liseuse. Trois pièces d'après Mieris et G. Dow. épreuves sur papier vélin.

WILLE (P. A.)

381 — Petit Waux-Hall, in-fol. Belle épreuve, marges.

WILLE (d'après P. A.)

382 — Le Patriotisme français. — La double récompense du mérite. Deux pièces faisant pendants, par Avril. Belles épreuves, une est avant la lettre.

WATTEAU (d'après Ant.)

383 — Costumes. Etudes de femmes et d'enfants. Sujets tirés des Etudes de différents caractères, etc. 14 p.

DESSINS

384 — **Adam** (Pierre). Tête d'enfant. Crayon noir, signé.

385 — **Anonyme.** Assassinat de Henri III par Jacques Clément, à la plume.

386 — **Balue** (A.) Le non Monde. Aquarelle signée des initiales.

387 — **Baraguey** (architecte). Projets et études pour la reconstruction du Théâtre Français, 1818. Six dessins signés.

388 — **Baraguey, Chalgrin et autres.** Divers projets pour la construction et la décoration du Théâtre Français. Vingt dessins, dont une gravure en couleur.

389 — **Calmelet.** Allée dans un parc. Aquarelle signée, encadrée.

390 — **Chalgrin.** Projets de reconstruction de la Salle du Théâtre Français. Huit dessins signés.

DESSINS

391 — **Daumier** (Honoré). *Des gens dont le soleil réjouit peu la vue.* Caricature sur deux Généraux anglais ; au crayon noir, signé des initiales avec cachet de la Collection D. C. Encadré.

392 — **Daumier** (Honoré). A la Correctionnelle. Esquisse au crayon noir, signée des initiales. Sous verre.

393 — **Divers**. Le Prince de Monaco. — Le Prince Bibesco. — Mr Laboulaye. — Le Contre-Amiral Mario de St-Hilaire. — Têtes de femmes. Six dessins anciens et modernes.

394 — **Divers**. Douze dessins et aquarelles par Pils, Th. Fort, De Boissieu, Bérat, Tabar, etc.

395 — **Divers**. Marines. — Eruption du Vésuve. Etudes, etc. 10 p. à la plume, au crayon et à la gouache.

396 — **Divers**. Costumes militaires. 11 p. à la plume et à l'aquarelle.

397 — **Divers**. Soixante dessins anciens et modernes. Paysages, Monuments, Costumes, Ornements, Architecture, etc., etc.

398 — **Divers**. Trente-trois dessins de toutes les Ecoles, anciens et modernes (deux lots).

399 — **Divers**. Environ 200 dessins ou croquis anciens et modernes, par ou d'après Lebarbier, La Rue, Deshayes, Lagrenée, Nicolle, Fragonard fils, Maratta, Baccio Bandinelli, etc., seront vendus par lots.

400 — **Ecole Française**. Arabesques ornées de sujets mythologiques de style pompéien. Deux gouaches faisant pendants.

401 — **Ecole Française**. Intérieur d'Eglise. — Apothéose d'un Saint. — Sujet religieux. Trois dessins à la sanguine et à l'aquarelle.

402 — **Ecole Italienne**. L'adoration des mages. Plume et lavis attribué à Jacopo Cavedone, élève de L. Carrache.

403 — **Hilair**. Etude d'Oriental, en pied. A la pierre noire rehaussé de blanc sur papier bleu.

404 — **Huet** (J. B.). Paysages, deux pendants au crayon noir. Signés et datés 1788. Sous verres.

405 — **La Rue** (De). Offrandes à Vénus. — Amours et Vénus. Deux dessins à la plume lavés de sépia faisant pendants, encadrés.

DESSINS

406 — **Leclerc.** Deux projets de plafonds pour le Théâtre
Français. Aquarelle et lavis d'encre de Chine.

407 — **Le Clerc.** Études et projets pour le Théâtre Français.
Quarante dessins.

408 — **Le Roy (Séb.).** Bouquet de lis et de roses, avec les Portraits de Louis XVIII, Charles X, Duc et Duchesse d'An-
goulême, et le Duc de Berry Sépia.

409 — **Marin.** Bacchantes. Deux dessins à la pierre noire.

410 — **Moreau, de Wailly, Peyre, Leclerc.** Études et
projets pour le Théâtre-Français. Trente-six dessins.

411 — **Poelenburg (Corn.).** La Samaritaine. Crayon noir et
sanguine.

412 — **Raffet (Aug.),** Officier d'infanterie. Croquis au crayon.
Signé.

413 — **Raffet (Aug.).** Vue de Cadix et de la plage de Santa-
Maria. — Vue prise des remparts de Cadix. — La Ala-
mada. 3 dessins, octobre 1847. (Cachets de la vente San-
Donato).

414 — **Raffet** (attribué à Aug.). Etudes de costumes. —
Femme Espagnole. — Etudes de soldats. — Napoléon à
cheval. 4 dessins à la mine de plomb et à l'aquarelle.

415 — **Ribot (T.).** Tête de jeune homme ; encre de chine.

416 — **Robit** (architecte). Projet pour la construction du Mu-
séum d'histoire naturelle. 1797. Cinq pièces à l'aquarelle.

417 — **Saint-Aubin.** Courses de chevaux. Dessin à la plume
ayant servi pour la gravure.

418 — **Steinhel.** Dix-huit compositions à la sanguine. Etudes
pour les vitraux de la chapelle Saint-Martial (cathédrale
de Limoges). In-fol. dem.-rel. v.

419 — **Steinhel.** Vingt-deux compositions à la sanguine.
Etudes pour les vitraux de la chapelle Sainte-Valérie
(cathédrale de Limoges). In-fol., dem.-rel. v.

420 — **Tabar.** Vue de Saint-Jean-de-Luz. Aquarelle.

421 — **Théâtre** (Sur les) Recueil contenant environ 25 dessins
et études pour différents théâtres.

422 — **Wailly** (de). Projet de la scène et du plafond du
Théâtre Français. Deux dessins à la plume et au lavis
d'encre de chine.

DESSINS

423 — **Wailly** (de). Salle de la Comédie Française, telle qu'elle est exécutée. 9 sujets sur une feuille. Signé et daté 1780.

424 — **Wailly** (de). Théâtre National des Arts. Elévation de la Salle du Théâtre des Arts du côté de la place. Plume et lavis d'encre de Chine. Signé et daté, le 18 Germinal l'an 2e. Contresigné par les députés Barère, Billaud-Varennes, Collot d'Herbois et de Virieu.

425 — **Wissant** (C.). Paysage montagneux. Aquarelle, signée.

Grande Imprimerie du Centre. — Herbin, Montluçon.

www.ingramcontent.com/pod-product-compliance
Lightning Source LLC
LaVergne TN
LVHW010305190726
843502LV00014B/1778